청어詩人選 416

생명의 화음
파도 소리

김
평
배 시
집

청어

생명의 화음 파도 소리

김평배 시집

아! 와! 야! 어

아! 새벽이다
살금살금
개펄들은
고요해 좋은 길이다

와! 아침이다
이리저리
산책하며
시상하는 시간이다

야! 점심이다
기웃기웃
이웃들과
만나기 좋은 때이다

어! 저녁이다
왁자지껄
옛이야기
조잘대는 어둠이다

차례

제2부 아침

제3부 점심

제4부　저녁

제5부　밤

제6부 수필

제1부

새벽

사랑의 봇짐을 싸서 들고
아장아장
한해의 모퉁이 시간들과
황톳길 옆 마음을 헤쳐
우연의 끄나풀 만나

바람의 제목

하늘가 당신은
봄에는 꽃바람
여름에 태풍
가을에는 갈바람
겨울에는 찬바람

꽃피는 봄날에는
처녀 가슴을 울려놓고

성난 비바람에 피는 단풍잎
산과 들 추풍에 낙엽이 되면

동지섣달 긴긴밤에는
한겨울 설음눈물

나그네 걸음마다
우짖는 세상만사
엿보는 추억
계절의 소리는
그대의 메아리

소라의 집

갯가 돌 틈바구니 파도소리는
나의 노래이랑께

뷰 좋은 바닷가에
초가삼간 오두막
어린 시절이 추억의 들녘 개펄은
파도의 발길에 채여서
날 물에 세상 구경

이 모든 것이 다

들 물에 구중궁궐
동화라는 옛날이야기
뭍이 그리워 보채던 뱃고동소리
보릿고개 설음과
수많은 꿈이 꿈틀대는

영원한 나의 집은
항상 울 엄니 젖 가심이라오

개웅(갯고랑)

섬의 수영장
소금물의 젖줄
짱뚱어 산책길에
갈매기들 기웃거림들
천방지축 날뛰는 숭어들
후리그물코에 걸린 새우

한여름 조금 떼면
햇불과
술래잡기하던 세발낙지
뱃사공
삿대질에 놀라서

닻을 놓친 석양의 눈빛
황포 돛단배에 무임 승선한
한여름 무더위에 짠물
초가지붕 치미처럼
염전에 흘러와
소금이 된다

비의 가슴

외로움 서투른
바람의 몸뚱이
하늘이 땅이 그리워 찾아다닐 때

날마다 아침마다

보고픈 응어리
눈시울 붉어진 구름의 진땀이
쏟아진 날들과

유성이 찾아와
산천과 들판에 기웃대는 술래
꾀꼬리 눈물에

타버린 애간장들

목마름이 푸르다 시퍼런 창공은
먹구름 한가득
장마를 챙긴다

장미의 꽃잎

새벽이 아침 화장하면요
또 이렇게

입맞춤을 하고 싶어집니다

태양 같이 뜨거운 속삭임이
바람결에
조잘대는 이파리들과

가시의 아픔이 떨어지는

아침이슬 고운 향기가
진동하면
너와 나의 추억이란 그림자

그때가 무척 그립 답니다

오늘처럼 또
수줍은 사랑 피어나면요

개여울에서

빨래방망이 즐거운
시냇가에 여울이
아낙네들의 가슴에 불을 지핍니다
밤나무꽃향기를 찾는 꿀벌처럼

달콤하게 익어가는
산바람 강바람을 따라서
사랑의 봇짐을 싸서 들고
아장아장
한해의 모퉁이 시간들과
황톳길 옆 마음을 헤쳐
우연의 끄나풀 만나

시원한 냇물에 몸을 단장하고
자식과 가족을 노래하려고 합니다
산기슭의 그늘과
땅거미 잠들 때까지

부두에 앉아

선창을 붙들고 부대끼는
뱃머리에 걸터앉아서
너울대는 파도를 넘겨봅니다

세월의 책장을 넘기는
바다가 출렁대면
가슴이 뛰고
그 다음 파도 덤벼들면
깜짝 놀라서 허우대다
빙그레 웃고
거품처럼 스쳐간
옛날에 향수를 찾아서

밀려드는 파도를 뒤져봅니다
전마선 놋봉 부여잡고
세태에 찌든 눈 껌벅이며

졸지에 헉

하늘을 쳐다본 적도
땅을 내려다본 적도
나는 아무것도 기억 못해요

비 오는 거길

그날 그 시간에
그 자리에 왜 갔는지?
내가 왜 이 자리에 있는지?
여기저기서 아우성~!
도대체 무엇 때문인지?
왜 이리 시끄러운지?
하필 그 시간에

비 오던 그때

나는 정말로요 몰라 몰라요
희미한 나들이 불빛
순식간 휩쓸린 시간

이곳에서는

그럴 때에는 그렇게
노래하고 웃으며 살자

이럴 때에는
이렇게

달빛이
기웃거릴 때에는
나는 나 자신의
내 그림자
밟으며 살자

그저
그냥

아침이 잠을 설칠 때에는
바람과 어울려 살고

비가 주막을 찾는 날에는
빗소리 장단에 살자

모래톱

물 언저리
파도가 할퀴어 빗질해 어여삐
반짝이는 모래알에
촘촘히 쌓인
갈매기 발자국과 노래에 취한
두 사람
어디로 갈까요?

망설이다
서성이며
거니이다 서로가
은근슬쩍
기대이다

훌쩍 떠날까 봐?
한평생
이별 여행과 아픔의 설음들이
어지럽게 밟아
그려놓은 흔적들은
강과 바다 자태에 묻혀 잠든다
물결처럼

삶이란 때깔

그렇지요? 잉!
징그럽게 인생은 어찌 이리 힘들까요
응애~ 응애
태어났으면 두려워 말지라우
울음의 서사시
창조의 음률과
화려한 수채화
젊었을 적에
천방지축(天方地軸)

그라고요 또 맞지요 그러지요 잉

후회막심(後悔莫甚)
늙었을 때에
출생의 신비함
세상의 추억과
인생의 물결들
이승의 샛강을 띄워 봅니다
후~ 후우우
자신의 자화상과 꼭 닮아갑니다.
그렇지요? 잉!

어지간해야지

세상 참

어지간해야지
코로나다 집값이다
경제 다 뭐 다 최악
머리가 큰 사람들

다

본인들 마음대로

다

지식 범벅덩이들
너나 나나 다 잘못
삿대질에 고함소리
어지간해야지

세상 참

비 풀이(장마)

날이면 날마다 험한 꼴
하루 종일
하늘 위에 천둥번개
양아치 구름들은
바람과 유리창 깨서 부시고
지상낙원 개발행위
분탕질에 난장판
낙숫물도 솟구쳐 지붕에 앉아
시냇물 미쳤나 날뛰다 달려와
세상에 가두시워
뒷동산의 허리를 잘라 버리고
심술보 극한호우 지겨운 깽판
거리마다 전쟁터
귀신놀이 지랄하며
마당에 펑펑 쏟아버린 추태
집구석 아작 나
마실 마다
물벼락 천지가 물의 바다

또 그리고 다시

빛바래 희미한 글씨
읽고 좋아서
작가 미상 글에

옳았구나

본인의 셈법대로
하나 둘 조각조각 조각
두뇌에 침을 발라
ㅎㅎㅎㅎ
남몰래 훔쳐다 맞추어
떠돌이의 글 중
제일로 고운 글로

포장해서

세상에서
제일 몰염치한
못난 시인이 된다

여름나기

지겹도록 무더운 날
실바람의 요람인
원두막이 졸다가
땀방울 쏟아지면
곡식들 살찌우는

태양을 맞이합니다
소나기 따라온
바람결에 구름 한 점 쫓기면
땡볕도 목말라
우물을 찾는답니다

뜨거워 반짝이는
밤하늘 별똥별과
열대야에 시냇가
느티나무 그늘도
잠 못 이루는 날이면

창가에서는

하루란
삶이
금싸라기로 태어난 동녘은
영계 초란 노른자같이 노랗게
다비의 불보다 뜨거운 태양과
'활활' 타오르다
인연이란 인생의 술래에 잡혀
달과 별과 뜬 구름과 함께 핀
낙조의 하늘가 석양 노을에
혼을
태운다

제2부

아침

바람의 사랑이
보랏빛 임 곁에 앉아
진심을 털어놓은
산들바람
댓돌에 찾아서 온
그늘에 한낮의 품은
지난 이야기들

나들이

세상의

바다를 묶은 인연이 닻줄이라며
그려놓은 발자취
사람들의 고뇌가 가득한 등짐들

우리의 생각에서 태어나
낮에는 세상 구경
밤에는 꿈길 산책
옛적에 울 함 씨 이야기들

평생에 외치는 우리의 푸념들과
인생의 숨바꼭질
사람들 속삭임 정겨운 고향이죠

세월은

바닷가 첫눈

돛단배가 노래를 합니다

파도를 장단 삼아
하얀 거품을 토하며
갈매기 깃털에 앉아
겨울을 가사삼은

하얀 나래가 하늘하늘

닻줄을 기타 삼아
차디찬 눈보라 꽃잎
깨끗한 자태에 취해
꿈결의 달콤함과

한 송이 두 송이 두둥실

둥지(광地)

내 마음 언제나
소싯적부터
따뜻함을 먹으며
독자치하고 살고 싶던 곳

항상 홀로 갖고 싶어
오로지 자신만이
차지하고 싶은 공간

형제들 언제나 아옹다옹
날갯짓을 해대며
몸과 마음이
점점 자라는 곳

앞뜰과 뒤뜰

가슴에 남모르게 감춰둔 욕심 들킬까
얼굴은 상냥하게 눈웃음 포장

세파에 부대낀 시간
초가지붕 사라진 골목
시멘트 포장한 길은
도랑은 정화조에 처박히고
콘크리트 빌딩 숲의 현실

가로수 장식된 정원
참새와 까마귀의 이권이
요란한 아침의 햇살
전봇대에 그늘진 담장
층층이 쌓아둔 이웃

앞에선 화장발이 고와야 좋고
뒤쪽엔 살림살이 많아야만 배가 부르다

6월의 창

6월에는 창가에
언제나 서성이고 있습니다

산골짜기 흘러내린 곳에
개울이 발을 씻고
요란한
장미꽃 웃음 옆에
토담길이 옹기종기 모여
꽃나비가 춤추고
시원한
장맛비 노랫가락
산들바람 즐거워 뛰놀고

세상이 푸르게 도배합니다
6월에는 창밖을

동백섬

해무 짙은 바닷가
파도가 촐랑 거리여
심술 뿔이 난 바위에는
신라시대 학자의
석각이 졸고

해수욕장 모래들
수영강변에 놀러와
밤새 어깨동무 강강술래
즐겨 노는 퇴적층에
뭍으로 변한 섬

흰 눈이 소복 입고
오륙도에 시집가면
꽹이갈매기 울음소리에
동백꽃 이파리는
피를 토한다

고향의 섬

선창을 팔베개로 삼아
잠이든 무동력선
닷봉을 마이크로 노래하는
바다물총새 떼는

굴뚝을 곰방대 삼아
장작을 태우는
부엌의 뜨뜻한 군불에
나른한 아랫목과

아침의 햇살이 딴 섬*의
최고봉 정상에 피고
저녁노을의 작은 치* 앞
파도 이부자리는

나의 내 고향 해와 달은
나의 이야기들을
삼원오행 풍랑에 겹겹이
바느질해 놓는다

* 딴 섬, 작은 치: 섬의 지명(방언)

창가의 고향

빗방울 추적추적 대면
창가에 턱 괴고 앉아서
한적한 시골을 그려 보세요

마을의 어귀에 논이랑에는
가을엔 황금인 녹음이 푸르러 가고
바닷가 선창에 갈매기들이
돛대에 부대껴 앉아서 사랑을 즐긴

추억의 그림자

파도가 부서진 바다에 숨겨둔 섬들
한 조각 무지개 구름처럼
그 옛날 옛적이 뒹굴며 눈앞을 가려
곱디곱게 넘실대는

나만의 세월을 느껴 보세요
창밖의 그 그곳 거기서
빗방울 내리는 날에는

고향의 바다

'출렁출렁'

부서지는
그 시절 그 바다에
그물을 칩니다

한 가닥을 시간에 묶고
저 푸른 세상에는 무엇이 있을까

천사의 섬 다이아몬드 군도

지나간 세월 눈언저리에 밝히면
큰 파도들 너울의 춤들

가슴을 적십니다
회상이란 그 파도는
이렇게도

'철썩철썩'

뜰방의 동지

찬 서리 추위서 찾아와
걸터앉은 눈의 쉼터
소복이 쌓여 내려다본 마당
주춧돌 아래 동지섣달 한겨울의
이부자리가 사모하던 낙엽과

밤과 노을의 꼬임에 빠진
초가지붕 낡아빠진
마루에 걸터앉은 그림자
새알을 비벼 한 해의 소망을 만들고
장작불에 끓던 솥단지의 팥이

퇴마의식으로 염색하면
천지신명 숟가락질
주야장청 똑같은 꿈꾸며
평생을 약속한 팥죽과 새알 한 쌍
길고 긴 행복을 잉태한다

수국의 그림자

더위와 땀
비단을 수놓은 이파리에
둥근 꽃 둥지들
토양의 산도에 따라 화장을

고치는

바람의 사랑이
보랏빛 임 곁에 앉아
진심을 털어놓은
산들바람
댓돌에 찾아서 온
그늘에 한낮의 품은
지난 이야기들

덧칠한

진심과 변덕쟁이를 사모한
마음의 상처와
뜨겁고 미련한 연민을
사랑의 꽃

빗물의 노래

새벽이 주룩주룩 거립니다
어둠이 한 겹 두 겹
껍질을 벗으면

길게 쳐 둔 빨랫줄에
걸터앉은 빗방울
뚝뚝
이리저리
툭툭
눈알을 굴려대면
여름 마당 구석마다

빗물의 노랫말
개구리 장단에 맞춰
온종일 추적추적 들립니다

시린 마음

바람결에 나부끼는
나른한 하루가
노을이 보고파 얼굴 붉히면

너덜거린 황포돛대
비에 취해 울고
그리움에
붙잡힌 섬 처녀
무명치마 움켜쥐고

뭍으로 떠나간 임 원망하며
손목을 비틀어
얼굴을 훔치며 운다

마음의 컵

맑은 하늘이 갑자기
찌푸린 날에는
눈물을 훔치는 빗물을

나만의 술잔

종이컵에 채워놓고
왜 울고 있느냐고요
나는 물어볼래요?

아침 햇살이 이렇게
우울한 날에는
욕설을 퍼붓는 바람을

우리의 빈 잔

유리컵에 담아두고
불만이 무엇이냐고요
나는 물어볼래요?

오월의 여름

지조가 자라는
죽순이 조용히 솟구치는
따사로운 초여름
푸른 잎사귀
군복을 입은 참대나무가
몹시 큰 키로
하늘을 망보고

풀냄새 비린내 나는

나락에 새싹이
옹기종기 피어날 때면
더위가 짖어가는
녹음과 오월의
여름날은 함성 함성이란
그 메아리로
그날을 그린다

제3부

점심

험상궂은 도둑꽹이 그림자
산과 들 바다의 외침
달그림자의 발소리
뭉게구름에 용트림
아귀다툼 요란한 폭풍전야

너울을 보면서

고기잡이 즐거운
바닷가에 풍요가
어부들의 가슴에 불 지핍니다
소금꽃향기를 찾는 숭어처럼

뛰어올라 익어가는
갯벌의 염전을 수로를 따라서
하야케 봇짐을 쌓아둔
소금처럼
올해의 여름의 잠꼬대
갯벌의 언덕에 임 찾아뵙니다
짱뚱이 뜀박질처럼

물컹한 세상에 발을 담고서
밤과 낮을 조잘대려고 합니다
갯고랑 여울물이
수줍은 노을까지

나팔꽃

이슬이 눈곱 땐
아침에
태양은 자신이 수줍어
얼굴을 감싸고
석양이면
고운님 허리를 휘감고
저녁노을 유혹하는
춤을 추다가

밤하늘 은하수
눈물에
초승달 눈시울 붉히면
역마살 바람길
고샅에서
밤을 지새며 노니다가
새벽이 찾아오면
얌전히 핀다

해바라기꽃

머리카락 노란색 곱게
빗질을 하고
녹색치마저고리에
손짓과 발짓
임을 향한 연민의 미소

눈이 부셔 따가운
뜨거움을
평생토록 사랑하는
죄와 벌로
장대 고개 떨치고

한낮의 지겨운
무더위에도 불타 끓는
그 임의 사랑이
그리워 타버린 냉가슴

동그라미의 수줍은
가슴앓이
검은 눈물 씨앗으로
늦가을에
동그란 삭발을 한다

창가의 화초

아롱다롱 세상에 꽃들은
두려움에 얼마나 가슴을 조였을까
창밖엔 온통 감시의 눈빛

험상궂은 도둑괭이 그림자
산과 들 바다의 외침
달그림자의 발소리
뭉게구름에 용트림
아귀다툼 요란한 폭풍전야
오후에 해 질 무렵
석양을 꾸린 화가
노을빛 마녀의 그림
세상만사 천태만상 신화들

사팔뜨기 눈웃음 화분님들
따뜻한 실내는 너에게 원수이겠지
너희에게 인간의 손길은

반찬 가게

고추장 짙게 바른 죽방멸치 볶음이
동네 처녀들
두 입술을 훔치는 골목

허름한 장마당 조그만 좌판
밴댕이 가슴팍에 잠든 황새기젓
고랭지 김장배추와 동치미

맛 맛의 전당

코다리 매콤한 맛 군무에
하루 세끼니 시시때때로 쌈장놀이
산나물에 해산물 회 무침은

식도락에 침샘을 버무린
총각 무김치
먹거리 화원 미식가 서당입니다

구차한 말

어릴 적에 아랫목에서 듣던 것은
옛날이야기들

동화에서 읽으면
이솝 이야기들
숲속에서 들으면
벌거숭이 임금님
뒤척이던
어스름한 달밤에
미디어의 속삭임
부산한 기계소음
소통마저 어려운

요즘 이야기는
이기심이 가득한 희대의 거짓들

가을맞이

가로수에 이슬이 익어갑니다
곁눈질 슬쩍 수줍어하면

철새들 허공을 맴돌고

들녘의 참새들

논 가운데 허수아비
수염을 뽑아 들고
벼이삭께 청혼하면

아쉬운 한여름

무더위 찬바람 품에서

가냘픈 허리춤 갈대꽃
황톳길 서리의 여인이 됩니다

독도새우

파도와 풍랑에
씻겨
구부려진 세월
긴 수염
허리에 매달려
붉어진 몸뚱이

쐿줏간
화롯불에 대여
화들짝 놀란
주당들의 입술
이빨 새

동도와 서도의
돌섬의 수로에
사는
우리나라 새우
내 겨레
입맛의 파수꾼

결로(結露)

너 왜 우니 우리 사이
온도 차가
너무나 커 우니
봄여름 가을 겨울마다

결로 결로야!
결로야!
결로 결로야!

이젠 우리 울지 말고 야!
친하게 사귀어 보자
계절마다
따뜻한 옷을 입고

그늘

빛의 이야기
당신은
햇볕과 땀방울의 어울림
해 맑은 꽃으로
자유롭게 피는 태양이 그리운

해바라기
태양의 표정과 자취는
임의 행각
달밤에 화장을 고치는
달맞이꽃

보고파 빛 속에 물드는 웃음은
하늘이 내려준
동화 속에 자연의 동반자
그대는
빛의 여인네

힘!(權力)

참 좋다!
이것은
누구나 누구에게나
그리고
가진 자는
언제나
어디에서나 어쩌든
그것은
참 좋다!

사라진 골목

쌀뜨물의 찌개국물 흐르던 도랑을
파헤치고 들어선 도로에
집게발 괴물이 찾아 왔습니다
귀하신 복부인을 대동하고

엊그제 할머니 쫓겨난 그곳에
너부러진 옷가지
무너진 초가지붕
눈물도 말라버린
자본주의 세상에 도시의 생명
서글픈 노랫가락
어설픈 웃음소리
즐거워 흩어져서
형성되고 성장하고 쇠락하고

인류가 쌓아둔 욕망 덩어리
주택보다 큰 키 우월감에 나태한
낡아빠진 고샅의 이기심들은
현관을 배회하다 하수구에 숨습니다

달력

쫙 찢으니 하루가 가고
한 달이 가고요
하나둘 석 장을 넘기다 보니
1년 2년 3년의
우리도 같이 흘러가네요

달을 찢어 해를 넘기고
이젠 그만 할래요
네 가슴과 내 마음도
다 함께 벗겨져
우리도 늙어 가니까요

오이냉국

기다란 놈이

도마에 누워
시퍼런 칼날을 쳐다보다
다 다다닥 다 닥 따 닥
겁에 질려 떨며
소리 지르다

한여름 점심에 얻어터져
가로와 세로로 비슷비슷

뚝딱 뚝딱

마누라 손끝에
가느다랗게 다이어트
청양고추와 냉수마찰

고것 참 야 아 참 시원하다

뭐?

예술이라고?
세상만사들
소나기의 땀방울에
젖은
생각을
적은
머릿속에 잡념들의
요모조모가
문학이라고?

빗줄기

갑자기 쏟아져
홀연히
찾아온 물빛을 맞이합니다
목마른 한여름
물레방아 간 뜬소문들

물보라를
찾아 반기다 아작이나 도망치는
술래잡기

수려한 삶의 금수강산
짓밟은 아우성
물세례 폭탄들 쏟아집니다
고요함
깨지는 순간에

오륙도

달맞이고개 달그림자
백사장 야경에
동백꽃잎 테이블을 펼칠 때

고울 때로 고운 바닷새들
만찬 즐기는 햇볕과
달과 별과 바닷물이
소풍을 왔다 떠나 가버린

집도 절도 풀잎들도
근심 걱정마저 없는
멋과 풍류만 가득한
다섯 아니~ 여섯 개

마루는 입술 봉하고
뱃고동 파도소리
부대끼며 사는 고향

오월의 창에는

5·18의 바람이 소스라친
아침이면
창밖을 바라봅니다

담장에 걸터앉은 장미꽃이
미소를 보내옵니다
붉어진 얼굴에

가시 돋친 한마디

석양의 노을은
민중의 핏빛이라고
천구백팔십년 금남로 함성

이제는 피었답니다
민주주의
그날의 열망의 꽃으로요

볍씨를 뿌릴 때면

비몽사몽 간
새벽 아침 뻐꾸기의 재촉에
볍씨 새싹 같은 하얀
눈곱을 땝니다

엊그제 온탕 소독해온
볍씨를 꺼내려고
그리고
소독 물 버리고
포대기에 보관 이틀 후

파종을 합니다
모판에 상토 흙처럼
동네사람 일가친척 모여서
일사불란하게

자갈해변

바닷가 이야기
'쏴아쏴아악'
'쏴~'
시원한 파도의 자장가에 잠든
동화의 몽돌의
동그라미 까만 꿈들
바닷가 언덕에
전설이 되었습니다

해변의 구전들
'추울렁출렁'
'철썩'
춤추는 너울이 좋아하던 바다
빼앗긴 조약돌
슬픈 출생의 비밀은
우리들의 고은
설화가 되었습니다

제4부

저녁

봄날이 불을 싸지른 언덕배기의
무덤에 간식 자랐소
허리끈 졸라매고
굶주려 엎드려 절하고
뽑은 띠 한 줌

엄동의 설한

임이여 사랑하는 임이시여
이 추운 겨울에
왜 이리 바삐
왜 가십니까.
춥지도 아니하십니까.
당신의 옷은 이 새끼들이
다 태웠습니다
당신의 추억도 그리움도

다 접었습니다
사랑합니다

그리고 그라고 그립고

고맙습니다
다 알겠습니다

당신의 꾸짖음 채찍들도
잘 몰랐습니다
그때는 그저 다 그때는요
철부지 아이들 이였답니다.

아빠야 아빠여
우리의 아버님
나의 아버님 소원하소서

도곡의 길섶

인생소풍 뒤안길에
휘익~ 휘익
찬바람 눈보라가 몰아칩니다
그 많은 세월을 쓸어 담을 듯이
당신의 웃음과 미소
그리고 덧없는 영욕을 짓밟고

얼어붙은 얼음장에서 흐느끼는 가슴처럼
지난가을 오색찬란한 단풍
마음을 태워버린 여름 태풍
봄날 풀잎 오만가지의 식물
노래들과 인생만사의 소풍놀이 회한처럼

잊어진 추억의 그림자 밟으며
조그만 항아리 품에
잠들어 후손들 부귀영화를 담아
겨울바람 회초리 몰아칩니다
덜컥~ 덜컥
생전의 자식 걱정

작은 꽃

창가에 놓인 화분 하나에
손톱보다 작은 꽃이 피었어요
옹알거리지도 않고
투덜대지도 않고
조그만 눈
작은 입
조그만 귀
고와 곱게 피어
또랑또랑하게 웃는
가느다란 희망 곱게 자랐어요
우리들 가슴속에 한 아름

창구멍

야단들이 났습니다
조그만 봉창이란
작은 유리 창문에
커다란 하늘이 쏟아져 오고
별빛이 내려와
엿보면
햇빛은 찾아와
얼굴을 붉히고
수줍은 댓돌에
세월을
따라온 철부지
달빛과 운동화 앉아서 졸면
우리들의 이야기가
사랑방 창문으로
세상을 고발합니다

삐비

봄날이 불을 싸지른 언덕배기의
무덤에 간식 자랐소
허리끈 졸라매고
굶주려 엎드려 절하고
뽑은 띠 한 줌

잔디 씨앗
뿔 태기 찜
보릿고개

엄니의 한숨
까만 머리 새치처럼
하얀 배고픔에
한 볼때기 물고서
허기진 손톱에 흰 수를 놓았소

아침이슬

이른 아침 새벽에
방울방울 터질 듯
울음보따리의 울상이 되고

벼 이삭 이파리에
매달린 고추잠자리의
생명의 젖줄로 먹다
밝아오는 아침을 따라
파르르 날개를 털며
하늘로 비상을 하면

이른 아침 햇살에
한 방울 두 방울 씩
영롱한 무지개의 꿈이 된다

고뇌(苦惱)

힘들고 아프지
이젠 내려놓자
그만
.
.
.
이제는

4월의 꽃은

춘삼월 꽃이 예쁘다기에
뒤뜰에서 뛰놀다
고뿔에 걸려서
4월의 창가에는 화분을 놓았소

따뜻한 봄볕을 잡아다 앉히고
그대의 두 눈을 훔치려고
커튼 뒤에다 숨겨두었소

유리병에 생수를 가두고
당신의 입술을 훔치려고
화분의 받침대를 받쳐두었소

우리의 이야기도 가꾸어 놓았소.
둘만의 사랑을
계절이란 이부자리에
봄날의 꽃에 벌과 나비처럼

꽃 무릇(相思花)

가슴앓이 숨기고 가을의 청명함에
눈웃음 미소로 화사하게
가을의 청명함과

핏빛으로 속삭이는
숲 길모퉁이
붉은 꽃무리
설레는 임은 항상

빨간 꽃 잎 술에
365일 나의 입술을 대고
이야기하고 싶다

터알(담장 안 텃밭)

호미 하나로 만들었어요
남새밭 귀퉁이에
코스모스 춤바람에
봉숭아와 맨드라미 수줍음 피고
슬그머니 허리 감싼 나팔꽃
빙글빙글 돌고 도는 해바라기
상추와 고추
오이와 참외
수박도 한두 포기 심으려구요

우리 고양이
샤넬과 꾸지
똥오줌 싸서
파묻어둔 땅
고추잠자리의 요람
장독대 옆을 파 뒤집어 만들었어요

갓쇼무라의 꽃

섬나라 역사의 한 페이지
산골기슭 냇가의
길을 걷다
나대는 코스모스의 절친
허수아비 어깨에
밤마다 기어 올라타
나팔꽃 피는 마을에
참새 한 마리
나락을 훼손하다 놀라

미끄러진

캇쇼즈쿠리* 처마 밑에
자란 토마토 같은
이웃 나라 근대사
골목을 유람하는
물레방아의 멀미처럼
토하는 향기
자신들 문화의 진한 전리품들

* 캇쇼즈쿠리: 폭설과 폭우를 대비한 ㅅ자 형태 급경사 지붕
  (일본의 산골 마을 지붕 형태)

칠면초(염봉)

다이아몬드 빛 소금 들녘에 핀
가을 햇빛 부끄러운
해홍나물과 달리 잎은
원두 내지 둔두에 곤봉형인
바닷가 나의 염초

따사로운 봄의 어느 날
어린잎 곱게 따다 데쳐
나물과 볶음 찌개로
국물과 비빔밥 쌈밥으로
사용하던 식재료로

작년과 똑같은 시월이오니
산비탈 달려 내려온
바닷가 갯벌 곁에
단풍을 닮고파 화경도 없이
울긋불긋 익어가는
홍지색깔 노을을 닮은
내 고향 추억
가을이 숨어있는 꽃

바닷가 벤치

꿈자리 눈부신 곳
이슬방울 늦잠 자는 자리
두 발 가랑이 사이
오줌이슬 대롱대다
네 다리 녹이 슬어
얼룩이지면

새벽을 깨트린
숭어 노총각과 갈매기 처녀
밀애를 즐기다

초저녁잠에 취한
황토초가집 지붕을 찾는 적에
땅거미 바다의 어둠은
석양과 입씨름을 하다
뱃사공 놋봉사리에
뺨을 맞는다

꽃잎 비

보슬비 뒹굴뒹굴 거리를 거니며
임의 향기를 찾다 보면

겨울의 함박눈 그리워
하얀 우산 눈부시게 펼친
황톳길 양옆에 느려진
안개보다 훨씬 짙은 가로수
벗나무 아래에 흩어진
하얀 꽃잎들 찢겨 밟으며
4월이 우짖는 거리는

상쾌한 신음을 합니다
봄꽃처녀들 씻는 빗소리 때문에

댑싸리

겨우내 눈을 치우려
돌담 밑에 심어 놓으면
7~8월이면 엷은 녹색 황록색
작은 꽃 군무를 한 뒤

줄기는 갈색으로 변하면
빗자루로
열매는 데쳐서 껍질 벗겨
무침으로
씨앗은 채취하여 달여서
약용으로

돌담길 품에 안겨
수상꽃차례가 되어서
따스한 가을날 졸음이 오면
핑크빛 축제에 연다

제5부

밤

수많은 이야기 담은 사연을 쑤셔 넣어도
알 수가 없는
살며시 은근히 숨겨둔 비밀의
단톡방 거기

개추(호주)머니

나는 네가 참 좋다
옷의 틈마다
온갖 물건들의 보금자리
열손가락이 더듬는
따스함
혼자만 황홀감 즐길 수 있는

세상이 좋고
감촉의 느낌들 눈동자 없이도
볼 수가 있고
수많은 이야기 담은 사연을 쑤셔 넣어도
알 수가 없는
살며시 은근히 숨겨둔 비밀의
단톡방 거기

나만의 꿈들을 숨어 사는 곳
행복감
위아래 여기저기의
옷깃을 꿰매어 만들은
곳곳의 틈새
그곳 네가 참 좋다

여름이란

낮과 밤이
삼복이란 절기에 놉을 팔아먹고 산다

세상의
하루는 가마솥 열기
한밤엔 열대야

새벽은 고운 햇살
해 질 녘 붉은 석양

이마에 비지땀
육신을 타고 흐르는
몸부림

태양은 무더위 추파에 사무처 산다
땀 서리에

허어 참
-이태원 참사

아무도 모르는 거기서
차라리 울 수 있으면 좋겠다
'허허' 참? 나!

한 폭 시월의 수묵화가 아름다운
주말의 밤을
눈물로 어루만지며
활기차던
어제의 발소리를 찾아봅니다

왁자지껄

젊음이 참사한 10월 29일
그 고통을 보듬고 걸으며

소리죽여

넋이 빠져서요. 홍얼거립니다
화사한 꽃
짓밟힌 젊음을 덮은
부끄러운 시간과

세상천지 시시비비 후한무치해서

'후우' 나? 참!
먼 나라 핼로윈이면 좋겠다
젊음의 뒤안길 거기는

짓궂은 사랑

1년 12달 바람 불고 비 오는 날
사시사철
분주하게
봄날에 뿌린 씨앗
여름에 싹틔워
가을에 따먹고
겨울에 감춰 두었는데

'허어~ 어~ 허어'

가슴에 찌꺼기 사랑들
싹트기도 전에
떠나버린 임아
흔적이란 그림자
고단했던
人生萬事(인생만사)
어찌하고 그렇게 가려고 하오

제6부

수필

인적이 드문 산골 폭포 아래서는 여인네들
이 위 아랫도리를 홀라당 벗어서 던져버리고
대리석 같은 희뿌연 알몸으로 물장구를 치며
젖가슴까지 물에 담그고 수다를 떨며 놀고·
먹고 하였는데 지역에 따라 '등목 젖 잔치'라
부르기도 하였다고도 한다.

제1화
젖꼭지의 날!?

우리 민족의 고유 세시풍속 중에 이웃과 함께 머리 감고 국수와 젖을 먹는 날이란 재미있는 '한여름 고유명절'이 있다고 한다. 하여서 심심풀이 삼아서 일부 문헌과 여러 가지 풍문 들을 도용하여서 잠깐 재미있는 이야기 거리로 삼아보려 한다.

우리 선조들께서는 논과 밭에 퇴비를 뿌리고 씨앗을 뿌려 모내기를 끝낸 뒤 지친 심신을 달래기 위해 잠시 휴식을 취하기 위한 수단으로 '유두명절(流頭名節)'을 지내면서, 창포를 사용하여서 동쪽으로 흐르는 시원한 시냇물이나 폭포에 온몸을 정갈하게 씻은 다음 '절식(節食)'을 먹었다고 한다.

또한, 햇밀가루로 만든 구슬 모양에 물감을 들이고, 구슬 3개를 색실로 끼워서 차고 다니거나 문설주에 걸어서 액막이를 하고, 오미자 물에 떡을 띄워서 떡수단 을 즐겼다고 전해 온다. '유두'에 창포를 사용하는 것은 도교의 신앙과 같은 의미로 머리를 맑게 하고 생명의 젖줄을 풍부하게 하려고 했던 것으로 여겨진다. 옛말의 뜻을 취한 '이두표기(吏讀表記)'로는 '물머리 유두(流頭)와 유방의 뾰쪽한 꼭지 유두(乳頭)'를 둘 다 '젖꼭지'라고 표현했다. 삼복중에 인류역사상 최초로 우리 민족이 실시했던 한여름 휴가인 '유두절(流頭節)' '서양식 문화의 Vacance'와 비슷한 의미라고 해도 될 것 같다

　음력 유월 보름은 '유둣절'은 삼월 삼진날, 칠월칠석, 구월중앙절과 함께 우리 겨레가 즐겼던 명절 24절기 중 12절기에 해당하는 명절 '유두'다.

　고유 세시 풍속인 '유두(流頭)'는 '흐르는 물'의 꼭대기인 〈물 꼭지〉 즉 '물머리'라고 해서 옛 신라 도읍지 동경 방언 또는 우리말로는 '젖꼭지'라 했다.

　고려 희종 때의 학자 김극기 '김 거사집' '동도의 풍속'에 보면 유월 십오 일에는 동쪽으로 흐르는 물 동류수에 머리 감고, 묵은 때를 씻고, 술과 음식을 먹으면서 잔치를 벌인다.' 하였고, 고려 명종15년 계축일 왕이 봉은사에 행차하여 유월병인에 시어사 두 사람이 환간 최 동수와 더불어 광진사에 모여 상서롭지 아니함을 없애고자 회음 (會飮)으로 유두음을 마련 군신이 다 함께 동류수(東流水)에 심신을 정화하고 즐겼다고 한다.

　조선시대 정동규 '주영편'에 우리 명절 중에서 오직 '유두'만이고 고유의 풍속이고 그밖의 것들은 모두 다 '중국

의 절일'이라고 쓰여 있다.

"동국이상국집과 둔촌잡영과 목은 선생 문집 등 고려시대와 조선시대의 문집과 세시기에도 '유두는 물과 관련이 깊은 명절'로 '물은 부정을 씻는 것으로 종교적' 의미를 부여하였다." 농사와 동·식물이 생존하는 데 꼭 필요하다고 물머리 '유두(流頭)'라 하며 '물의 꼭대기'나 '유방꼭지'는 순우리말로는 '젖꼭지'라 한다.

'유두'란 '소두' 또는 '수두'라 하는데 이 한자어들을 모두 다 우리말 '젖꼭지'가 맞는 것이다.

'동류유두애자' 젖은 가장 사랑하는 자에게 물린다는 뜻의 줄임말이 '유두'다. '유두절' 아침에는 '보리·콩·조 등 절식'을 사당에 차려놓고 '유두천신'이라는 고사를 지냈다.

아이를 잘 낳게 해달라고 임신(姙神)에게 고사(告祀)를 지내며 제물로는 '여성과 남성'을 닮거나 상징하는 곡식과 채소·과일·생선들을 주로 많이 사용하였다.

여성을 의미하는 여성을 닮은 동그란 연병·각 전 등과 남성을 상징하는 남성같이 길쭉한 가래떡·과일·생선 등. 수음·건단·상화 등으로 물레방앗간에서 유희를 즐기며 '유두천신고사'를 지냈다.

또한, 임신(姙神)에게 '다산고사(多産告祀)'를 지낸 다음 남몰래 시원한 논 물꼬와 산들바람이 '살랑살랑' 부는 밭 한가운데에 드러누워 더위를 식히며 부부간에 사랑을 나

누면서 '각자의 자신 소유의 논과 밭' 하나하나에 빠뜨리지 않고 옷고름을 풀어 하얀 젖가슴을 드러내고 젖을 두 손으로 받쳐 들고 풍년을 기원하는 '젖 묻힘 행위'를 끝으로 고사를 마무리하였다고도 한다.

이렇듯 '유방꼭지'와 '물머리의 유두'를 둘 다 '젖꼭지'라고 표현하는 우리말이었으나 양반 체면을 무척 중요시하는 우리 선조님들께서 바꿔버렸다는 의구심이 생긴다. 그리하여 내 개인의 소견으로는 '유둣날'을 '젖꼭지의 날!?'로 부르고 표현하여도 무방(無妨)하다는 생각이 든다.

'유두'란 가장 원기가 왕성한 곳으로 보는 동쪽으로 흐르는 물에 머리를 감는다는 뜻이기도 하다. 이렇게 머리를 감고 목욕을 하면 액을 쫓고 더위를 먹지 않는다는 믿음으로 식구들이나 이웃과 같이 놀면서 '유두음식'을 나눠 먹으며 공동체임을 확인하는 '유두잔치'를 하였다.

인적이 드문 산골 폭포 아래서는 여인네들이 위 아랫도리를 홀라당 벗어서 던져버리고 대리석 같은 희뿌연 알몸으로 물장구를 치며 젖가슴까지 물에 담그고 수다를 떨며 놀고·먹고 하였는데 지역에 따라 '등목 젖 잔치'라 부르기도 하였다고도 한다.

참 그리고 보니 언젠가 동구 밖 팽나무 그늘 아래 평상 누워서 '동네 말쟁이 지인' 두 눈을 지그시 감고 발가락 까딱거리며'나도 나무꾼과 선녀 같이 놀고·먹고 싶다' 하면서 ㅋㅋㅋㅋㅋ 혼자서 입가에는 야릇한 미소를 띠며

'음야? 응 나!~ 조잘조잘' 산골짜기 폭포 '등목 젖 잔치'
가 '나무꾼과 선녀이야기'가 최초의 모태라며 누런 이빨
에 '게거품을 물고' 떠들어 댄다.

옛날에 엉 밑의 땔나무꾼이 산골의 폭포 아래서 옷을
홀라당 벗고 목욕하는 처녀들을 몰래 엿보다가 평상시에
마음에 둔 처녀 옷을 몰래 훔쳐서 숨겼다가 우연히 찾은
준 것처럼 꾸며 결혼하여 행복하게 살았다고 한다.

그런데 먼 훗날 사소한 다툼 끝에 나무꾼이 홧김에 무
심결에 내뱉어버린 그 한마디로 인해 이러한 모든 사실이
들통나 이혼하게 되었다는 두메산골 이야기가 태풍과
뇌성 번개 비바람이 부는 물안개가 자욱한 날이면 폭포
의 폭포 소리에서 묻혀 나무꾼 회한의 울부짖음으로 지
금도 본인 귓가에 맴돌며 들려온다고 설명하는 '동네 말
쟁이 지인' 화술에 모두들 넋이 Down 되어버린다.

무더운 여름철 삼복 'Vacance철'이면 폭포가 고함치는
이야기 소리 속에 주인공으로 태어나 나무꾼 총각처럼 어
여쁜 천사의 남편이 되어 무릎을 베고 누워서 보드라운
손으로 '유두절식'을 포크로 '쿡쿡' 찍어서 먹여주면 '아
~ 아 따 흐~ 흐 아 따야 아따 그만 고만' 숨을 껄떡거리
며 '살살' 눈치껏 얻어먹으면서 말이야 '응 응 그치 응 아
아 조타' 음흉한 그 시절 그 못된 양반처럼 야릇한 미소
를 지으며 '행복에 도취한 순간의 망상에 빠져 수많은 현
실과의 동떨어진 생각들'로 굴뚝 연기가 하늘로 나래를
펴보기도 한다.

생명의 근원이라고 하는 '유방(乳房)'을 무척 사랑하는

선조들께서는 우리 조상들 특유의 반짝이는 지혜로 마을 근처 젖처럼 봉긋한 산은 '유방산(流芳山)'이라 명명하여서 각자 자기 고을의 안녕과 후손들의 번창·농·어업의 풍요를 품어 보살피게 하고 있다.

최근에는 각 지방자치단체 등에서도 '流〈乳〉頭節(젖꼭지의 날!?)'에 관심을 보이기 시작하였다고들 한다.

요즈음에는 충청도 충주 신니 '수청골'이라는 곳에서는 그곳 문중 후원으로 주민들께서 유둣날이면 '참 샘' 복원을 기념하는 '참 샘 복원 더위 깨는 물맞이 유두 전통 잔치'를 벌인다고 한다.

샘물은 너무 시려 발을 3분 이상 담그질 못하는 곳으로, '태조 이성계가 욕창을 치료'했던 유서 깊은 곳으로, 1960년대까지 이어오던 마을 행사로 정월이면 금줄을 치고 잡인의 출입을 금지시키고 국태민안과 마을안녕을 기원하며 '충청북도 무형문화제 5호인 충주 마수리 농요'의 소고와 장고·쟁강 춤과 '춤판과 국악의 꽃인 가야금 병창' 등을 즐기며 지낸다고 한다.

또한, 전국 각지에서는 유두에 '정지부뚜막에 조상단지'를 모셨다고 한다. 일부 문헌 및 구전(口傳) 등에 의하면 담양 무정면과 대치청룡 오산 서당몰 등에서는 옛날엔 '올게심니'를 하였다고 한다.

아직은 덜 익은 '햇벼모가지를 손으로 훑어서 보관하는 올게심리'을 하는데 올게심리를 할 때에는 '제석오가리'

라고 하는 조상단지에 보관 중인 쌀을 바꿔서 갈아 주며 오가리에 쌀이 넘치면 길하고 풍년이 들고, 쌀벌레가 생기면 궂은 일에 흉작이 든다고 여겼으며, 추석(秋夕)에는 '올게심리' 후에는 '제석오가리 쌀 세 줌을 햅쌀과 섞어 메를 지어 차례' 지냈다고 한다.

전라남도 남서쪽 도서지방 진도 굴포리와 또한, 요즈음은 천사의 섬(1004개의 섬)이라고 부르는 옛 전남 무안군 하의도 상태서리 치섬 등에서는 1970년대 중반까지도 음력 6월 15일이면 보름달 아래서 준비한 '유두절식'을 남자는 왕산 당바우 당낭구 가지에 걸터앉아서 떠들어대며 먹고, 여자는 터진목에 있는 우물에서 '등목 젖 잔치'를 하며 먹었으며, 아이들은 진끄태 까망 몽도팍 밭에서 나누어 먹으면서 강강술래와 술래잡기 등의 민속놀이로 '국태민안과 마을의 안녕과 다산과 풍요의 마을잔치'를 벌였다고 한다.

그리고 가뭄에는 유두를 기다렸는데, 장맛비로 해갈되므로 유둣물을 이로운 물로 여겼다고 한다.

그러나 강가에 있는 마실 충청도 부여 서원리 등에서는 유둣날 비가 오면 '유둣물 한다'라고 했으며, 많은 비가 내리면 '유둣물 난리 났다'라 하며 꺼려했다고 도 한다.

유두에 '우레소리'가 아침 일찍 들리면 서리가 일찍 내리는데 이 소리를 '유둣뢰'라고 하며 '유두'에 천둥번개가 치면 '유두 하네비(할아버지) 운다.'라며 '우레소리를 듣고 한 해 농사 점'을 쳤는데, 무안군 하의면 상태서리 태고의 낙도 치섬 등에서는 재석오가리와 식초호리병을 부사케(부엌) 같이 모셔놓고 잡곡 한 줌씩을 저장하였다.

고기잡이와 농사는 상태 북쪽의 작은 치 뒤편 이미리 산마루의 공용발자국이 있다고 하는 전설의 거북바우 우계쪽 하늘에서 '유두하네비'가 '일찍 울면 이른 곡식이 늦게 울면 늦은 곡식과 어업 풍년'이 들었다고 한다.

강원도 같은 산간지방에서는 '유둣날' 우레가 치면 '머루와 다래가 흉년'든다고 싫어하기도 했다고 한다.

이러한 세시풍속(歲時風俗)은 한동안 의미가 쇠퇴하여 사람의 관심에서 점점 멀어지고 멀어졌으나, 최근에 각 지방자치단체와 뜻있는 문중을 중심으로 많은 관심을 갖고 다시 복원하여 후손들에게 전통을 승계해 주려고 노력하고 있는 중이라고 한다. 참으로 고맙고 너무나도 반갑고 환영받을 만한 일이다.

찜질방과 사우나에서 따뜻한 물로 머리 감고 목욕하는 이 시대에도 우리 민족의 고유 세시풍속 '젖꼭지의 날!?(流〈乳〉頭節)' '생명의 젖'의 순수하고 진정한 맛과 멋을 느끼며, 사상과 이념과 코로나19 등 각종 질병 및 이권다툼 등으로 복잡한 이 세상 '음력 유월 십오일 유두절(陰曆 六月 十伍日 流〈乳〉頭 節)' 아니 순수한 우리말 '젖꼭지의 날!?' 단, 하루만이라도 선조들의 지혜를 배우고 따라서 이웃과 함께 '유두절식'이 아니더라도 아니 그러니까? 순수한 우리말 '젖꼭지!? 먹거리'가 아닌 자장면 아니면 바지락 칼국수 또는 'Baby Boom 세대' 꼰대들은 다시마 멸치육수 장터국수 한 사발 그리고 'MZ세대' 신세대들은 Pasta라도 한 그릇씩 나눠 먹으며 이 세상 모든 갈등을 풀고 그 옛날 조상님들처럼 마실 고샅의 푸른 공동체로 거듭나는 세시 풍속 우리 민속 '한자어 유둣날(流〈乳〉頭節)은 우리말(젖꼭지의 날)'로 새롭게 태어나 온 나라가 평화롭게 국태민안(國泰民安)하게 서로서로 도우며 살았으면 좋겠다고 하는 생각이 든다.

* 유두날과 유둣날의 차이: 윤달이 있는 해의 「유두일」을 '유둣날'로 부른다고 함.

비의 시간

임이여 그대께선
나의 꽃
북풍한설 찬바람에는
눈사람들

새싹들에겐
따스한 훈풍의 햇살들에

억겁의 시샘들

비바람과 태풍 속에서도
파란 세상들

색상 고운 님
뒷동산에 언덕 단풍의
환상 꽃
그님 되시옵소서

시골의 길

코흘리개의 아이들
달밤이면 술래잡기를 하고
담쟁이넝쿨 키 재기 하던 돌담
욕지거리 시끄런 날이면
호박넝쿨 굴러다닌 마실이었답니다
비바람 구름과
송아지 엄마 찾아 뛰어놀던
온 누리의 통로
아침이면 새벽이 놀러 오고
영시에는 이슬방울이 울고
한낮에 태양이 찜질하던 곳

해 질 녘 땅거미 내려와
꿈의 세계와 연애질
처녀총각 손목 잡고 걸던
남녀노소 살짝 엿보던
장독대에 익어가는 술독
동네 배수로 옆

지금은
그러나

어~ 허~ 어 흠 허허
그런데
요즘은

서울 생쥐들
시골 쥐가 무서워
금목걸이 한 똥개와 함께 돌아다니는
비바람 구름 숨 막히게
Concrete로 포장한 길

점심을 먹고

식곤증에 취해서
비틀거려 봅니다
비몽사몽간
이 속세의 이야기들처럼
서로 비웃고 헐뜯고
메아리 없는 고함을 치며

애꿎은
허공에

헛발질을 마구 해대면서
세월 탓하고 욕하며
이 세상을 모두 껴안고
비몽사몽 간
해롱거려 봅니다
자아도취 되어서

섬 그늘

짭짤 비릿한 바다의 체취
바닷가 언덕
밀물처럼 밀려오는
갈매기 노랫소리는 울 엄니 자장가
파도의 출렁거림은
울 엄니 심정의 눈

뱃고동 힘차게 불며
온다던 무지개 편지
비바람 태풍의 눈시울 세상의 풍파
썰물처럼 밀려가는
뒷동산 노을에
세월의 그림자가 지나간다

그리운 갯가

개수로 뻘 둔덕에 앉아서
멍 때려 봅니다
콧바람 향기에
머리를 비워두고
가슴도 털어 내려놓고

하릴없이

발가락 꼼지락거리며
손가락 세어보면
그리운 사람들
멍 추려 봅니다.
그 옛날 추억을 찾아보고파

틈

세월의 시간이 굽이쳐 흘러갑니다
아침부터 저녁때까지
그리고 밤과 낮의
그림자
찾아서 헤매는 우주의
자화상
천지의 수수께끼
365일 날이면 날마다
영롱한 사진과 풍경화 가득합니다

추억의 바다

하늘과 산의 향기가 빠진
갯가의 바닷물
시퍼렇게 물들면
나만의 그 바다는
그 바다는
내 꿈의 빛

오늘도 또 춤을 춘다

나 어릴 적
그 바다는
나만의 그 바다는
출렁출렁 춤바람
부두와 몸부림
너와 나 가슴을 쓸어 담아

기개(氣槪)

바다의 텃밭 보금자리 .
섬들은
태어서부터
지금까지

파도에 씻기고
바람과 어울려
구름과 노니다
태양에 푸르른

낙락장송
독야청청한
처음에
제 자리에서 자란다

공책(空册)

보릿고개 어린 시절
보리밀대 가마솥에 삶아 만든 마분지
노리끼리한 종이때기 12장 한 권의 메모지
국어 산수 사회도덕 그리고 일기장
쓰고 적고 일 년 열두 달의 그림들

숙제의 노트
한해가 지나면 할베 아부지 삼촌의 소유
호박잎 담뱃잎 썰어 덮은 이블
돌돌 말아 피우는 담배 연기
연기와 추억마저 노릇노릇
저녁놀처럼 익어버린 날들

아아!? 나도 이제는 익어가나 보다
세월 따라 구름 따라

아하!?
눈도 침침
마음도 생각도 흐느적흐느적
팔다리 관절은 흐트러져

'흐물흐물'
걸음걸이는
'터벅터벅 흐느적흐느적'

깔끄막(벼랑)

헐레벌떡 뛰어와 바라본
깔끄막 바위틈에 걸린 소나무
그리도 독야청청 사더니
한겨울 눈보라에 꺾기여
외톨이가 되었다

마차도 없는 수레를 타고 떠나는
사람은 실은 세월은
집을 버린 시간들과
인사도 없이 바람을 밟고 떠나며

노을에 걸린 하루
봄여름가을겨울의 사계절
1년 12달 스물네 시간들
고달픈 인생 삶의 넋두리들은
또 이렇게 그네를 탄다

제2화

노두께 내끼질(바닷가 징검다리 낚시질)

재개발예정구역 연립주택 Balcony 난간에 기대어 서남 해안 쪽 바다로 줄달음치는 하늘의 구름을 바라보며 어릴 적 그 시절 그때 시누대나무 내끼질을 하던 그림을 머릿속 거울 화폭에 비춰본다.

여름방학 때 삼복 무더위에 소나기와 태양과 불타는 이권 다툼 코피 터진 쌈박질 때문에 땀을 허벌창나게 쏟던 날. 초가지붕 처마 밑 손바닥만 그늘의 쥐새끼들 구영이 난 덕석 뙤약볕 아래 New Fashion '무명당목 검정고무줄 빤쓰' 하나만 아랫도리 사타구니에 달랑 걸친 개구쟁이 다섯 놈들 중 일찍이 뭍인 木浦에 海外留學 중인 노람과 하람 여름방학이라서 집에 왔다.

金家 순 한글 이름 '새람. 하람. 마람. 노람' 니(4)놈과 朴家 '德三(떡삼)'포함 다섯 놈.

서울 종로 한복판에서 짱돌 던지면 金. 李. 朴氏들 중에서 한 사람의 대가리는 반드시 터진다고 하는데 여기 코딱지만 섬 구석에는 '찬바람만 불어도' 金家들 네 말썽꾸러기 중 한 놈은 꼭 쌍코피가 터진다고 한다. 녀석들과 朴 德三 이 다섯. 어떤 말썽과 재앙을 치려고 연구 고민을 하는 것인지 부삭케 숯 검댕이 같은 나쁘닥과 눈 구영에는 야생의 본능이 되살아나는지 반짝거린다. 國語. 山水. 道德. 寫生 공부는 나 몰라라 방학 책과 책보는 던져버리고 뱃까죽을 양손으로 움켜잡고 '키득키득' 웃고 떠들고 뒹굴고 '깔깔~깔깔' '쏙닥쏙닥-!?' 갑자기 '하나둘셋~ 짱깽이포시. 짱깽이포시. 짱깽이포시'

떡쌈 뒤통수를 '극적그적' "A. E. C8. 맨날 또~ A. E. C" 통시로 '슬금슬금' "야! 새람아? '낫' 어디에 있어 야" "거 그야 왼쪽 지게 뒤쪽에 야" "응 찾았다 야 찾았어"

느그 노무새끼덜은 인자부터 쪼깐만 지달려부러라 잉! 알았제? 나는 얼릉 노람이네 대밭에서 튼튼한 三年 묵은 시누대 5개 잘라 올게. 느그 새끼덜은 나이롱고래심줄로 바늘3호 3개씩 세미 15개를 단단히 홀 메쳐서 꽉 무꺼서 준비를 해 놔라 잉!

사립문 밖으로 Short 다리 가랑이 사이 새타구니 풍경소리 요란을 떨며 맨발바닥이 불나서 타게 튀쳐나간다.

나머지 녀석들 무엇이 그리 좋은지 까만 아프리카 나쁘닥에 칫솔질 한 번도 안 한 이빨을 드러내 보이며 '희희~ 덕' 거리며, 세미를 묶으며 내끼질 채비를 서두른다. 아까참에 짱깽이포시 꼴찌 떡쌈이 '헐레벌떡' 거시기 빠지게 담박질해 더니 "야? 봐라! 느그덜 허벌나게 짱짱한 三年 이상은 훨씬 더 묵은 노리끼리 한 시누대나무 7자짜리 5개 잘라 왔다"

노람이 깜짝 놀라 불길한 표정 "야? 야야! 이제 우리는

디져부러따. 큰일 났다? 그 뒤 안 담벼락 옆에 三年 묵은 시누대나무는 우리 하나씨께서 집안 행사 때. 막걸리 항아리에 한가운데 박아 차례의 祭酒로 쓸 '청주' 떠내는 '용수' 만드신다고 아껴 놓으신 것인데" 모두들 시커머케 햇볕에 탄 나쁘닥은 '부삭케 숯 검댕이'로 변해 두려움이 일순간 선창 앞 초들이 밀물처럼 확 밀려온다.

눈 구영만 '멀뚱멀뚱' 정적을 깬 떡쌈 "야! 나? 아무도 본 사람 없어 뒷담 넘어서 몰래 갔다 왔어. 그리고 말이다. 사랑방에는 하나씨는 커영 사람이라고 그림자 한개도 파리새끼하나도 업든 디"

떡쌈 느그들 걱정이랑 사정없이 붙들어 매고 "야! 야! 곧 초들이 밀물이어야야. 얼른 잇깝 준비해서 내끼질이나 하러가자"

나머지 놈들 "그러지 뭐"

터진목 뻘바탕에서 청거시를 두 손으로 파 바가지에 준비완료.

노두께에서 내낏대를 고추잠자리 가실하늘 마당을 맴돌 듯이 '빙~잉 빙 쌔~에 앵' 돌려 개웅 건너편에 최대한 멀리 던진 후. 떡쌈 "오늘은 세물이다. 또 높새바람이 부니 바닷고기들이 뻘가상으로 몰려 올 것이다. 물 흐름과 바람 방향의 궁합이 정확히 맞아떨어진다. 조오타 정말 조오아 부러.

나머지 놈들 눈깔이 휘둥굴해 저서 떡쌈을 찬찬히 차다 꽤 뚫어 봄시롱. "야! 너는 거시기 뭐야? 너는 동네 꼰대들도 잘 모른 그랑거석을 어떻게 잘 아러부러”

“아! 그거 나는 공부나 짱깽이포시 같이 대갈통 굴리는 것들은 싫어야. 그냥 날마다 꼰대들이 내끼질 할 때 옆에서 유심히 듣고 대그빡에 꽉꽉 심어 불었쩨”

떡쌈이 “핫또(Hit)다 핫또. 야! 너희들 바~ 바 ~바부러 좆나게 큰 놈이다. 와~ 아~ 좆나게 크당께로 커분져야!” 챔질 ‘빙빙’ 돌리며 ‘꽥 꽥’ “어메! 어메 조아 부러 좆나게 크다. 참말로 좆나게 크다. 커” 2자 반짜리 농애(어)가 한 마리. 신바람이 나서 내친김에 내끼질 내기하자고 제안한다.

노람이가 木浦에서 주어 배운 지식으로 어설픈 Alphabet으로 적어 준대로 낚시대회 명칭은 ‘NO-doka Fishing Game’

섬놈들의 꽁구라쉬로 선창 Concrete부두를 짱돌로 ‘빡빡’ 긁어 파 ‘삐툴빠툴 꾸불꾸불’ 설익은 라면체로 일필휘지. 새람과 덕삼이 ‘쏙닥쏙닥 Rules’ “ok.ok.ok 야! 느그덜 싯. 알았지” 그럼 萬歲 三唱 “만세. 만세. 만세.”

또 다시 ‘짱깽이포시’ 우승 순서대로 위치결정 한 후 본격적인 ‘NO-doka Fishing Game’ 시작.

木浦 해외 유학파 우등생 노람 핫또 내끼줄이 오줌마려 꼬치마냥 팽팽해지더니 내낏대가 ‘휘청휘청’ 끌려가니 이빨을 희번덕거리며 내낏대를 힘차게 나 꿔 챈다.

다들 부러워하는 순간!

문저리도 아니고 약간 동글동글 통통하고 몸땡이 이짝 저짝 껌당 물방울무늬가 '얼룩얼룩 뱃까죽은 흐칸 때깔' 바늘에서 바닷고기를 떼 내 "A·AC 재수에 옴 붙었어 뽁 쨍이네" 뱃까죽을 '빡빡' 문질러서 볼록하게 풀어오니, 땅바닥에 패대기 발로 '콱' 밟아 풍선 같이 빵빵하게 북 풀은 뱃까죽을 '팍' 터뜨려 버린다.

나머지 4놈들 김장철 양은냄비에 잘 볶은 참깨 맛을 본 듯 들창코 콧구영을 하늘을 향해 벌름거리며 좋아라 하며 고소해 하고 있는데, 바닷가 맨 앞쪽 새람이 핫또 확 나 꿔 채서 '휘~ 휘익' 돌린다. 이번에는 기다란 물체가 하늘을 '빙빙' 돈다.

나머지 니(4)놈들 한꺼번에 "와! 와! 짱애다 짱애!?"

내끼질 첨대를 움켜쥐고 "A·A 참말 더러워 쌔내끼줄 A·C" 등거리 뒤로 '확' 던져버린다. 다른 놈들 좋아라고 '덩실덩실' 어깨춤을 추며 '물장구질' 난리법석이다.

하람과 마람이도 핫또 살며시 다른 녀석들 몰래 꺼내 보니 '미역줄기와 꿀껍딱찌' 두 놈들 주둥이에서 두 줄기 쌍 고동소리 "A·C~8" 그 순간 떡쌈이 또. 또. 또다시 핫또. 핫또. 핫또. 내낏대가 통째로 윗동네 키 큰 성아들 성질난 거시기처럼 '까딱까딱 휘청휘청' 오줌줄기처럼 묵직하게 '쭈~욱 쭈~욱 쭉쭉' 떡쌈이 비우깔 좋게 넉살스럽게 웃음시롱

오늘도 내가 무조건 1等이네 뭐!? '툭' 챔질 허리띠에 밀착시키고 좌우로 천천히 끓어당기니 문저리둘에 7치 크기 볼락과 4자 짜리 짱애와 '4쌍태' 이것은 말도

안 되는 사건 중에 사건. 바다의 만조가 배가 불러 배때기를 출렁출렁 철석거리며 떠들어 댈 때까지 'NO-doka Fishing Game race'는 떡쌈이 녀석의 독무대. 첫수. 마릿수. 대어 등 타의 추종불허.

 나머지 놈들 '허어! 허어 참!?' 하며 각자 한마디씩.
 새람 '집에 반찬거리가 없다.' 하람 '아부지와 엄니께서 문저리회를 너무 좋아하신다.' 마람 '입맛에는 문저리국과 통짱애 고추장 찜이 최고다.' 노람 '우리 산신령 희칸 수염 하나씨와 함씨께서 오뉴월 독감에 걸리셨는데 청양고추 문저리 된장국이 좋다.' 구구절절 핑계와 이유도 많다.
 이때에 오늘의 hero 朴家 떡쌈이 장난기가 발동 "야? 너희들 그러지 말고 저그 저 '까만몽돌'까지 담박질해서 1等한 사람에게 2等 것을, 2等에게는 3等 것을, 3等은 4等 것을, 4等은 볼락 한 마리 주고, 남는 것과 5等 것은 내 것" 새람. 하람. 마람. 노람 金家들 네 녀석들 '땅~ 앙 땅 땅땅 땅~ 앙' 총알처럼 튀어 나간다.

 네~이~이~~이이~노~오오~옴 들~으~을을
 "쿨룩쿨룩" 갑자기 마른하늘 천둥소리 흐칸턱수염에 흐칸머리 산신령!? 도포자락을 휘날리며, 질풍노도와 같이 달려오신다.
 떡쌈이 혼비백산 터진목 개웅 물에 '풍덩' 개헤엄 건너편 뻘뿌닥으로 줄행랑. 영문을 모르는 녀석들 까만몽돌

을 되돌아 '헤~ 헤~헉 ~헉헉' 노두께에 도착. 상황파악이
안 된 녀석들 서로가 자기가 1等이라고 우기며 젖 먹던
힘까지 다 쓰고 담박질 다툼.

순간 흐칸 턱수염 산신령! 같은 하나씨 호통 "네 이놈
들 다 들이리 와. 이쪽으로 모여 봐"

아직까지 아무런 영문을 모르는 녀석들. 서로의 등 떠
밀며 "내가 1等이지! 야! 너는 새치기했어? 새치기?" 하고
들 있다. 그때에 네 녀석들 중 맨 끄튼머리 꼴지 노람 고
개 '푹' 떨어뜨리고 얼굴은 흑빛. "하나씨요 하나씨 잘못
했어요" 두 손을 '싹싹' 노두께 갯바닥에 무릎을 꿇고 두
손을 들고 빈다. 나머지 놈들 그때야 감 잡고 잘못했다
고 용서를 비니,

산신령님!? '우리시누대를 잘라서 훔쳐와 한 내끼질'한
첨대와 고기들 다 압수다. 몽땅 다 압수 "콜록콜록" '낚시
도구 三年 묵은 시누대 첨대와 바닷고기들' 몽땅 사그리
정부미포대에 한가득 담아 어깨에 걸쳐 둘러메고 가버리
신다.

다섯놈들 해질 때까지 주둥이가 너댓발 빠져 말없이 애
꿎은 옆구리 비틀어 물수제비내기를 하다 '너덜너덜' 온
몸뚱이에 힘이 몽땅 다 소진되어 집으로 향하는 눈앞이
한밤중처럼 캄캄하다. 三年 묵은 신우대나무 도둑질과
일상을 다 알라버린 부모님께 야단을 맞을 일은 두렵기
만 하다.

땅거미 내려앉은 집에 도착하니 귀신같이 눈치가 빠른
울 엄니께서 오늘은 웬일로 다정하게 '끼니때가 되면 제

때 집에 와야지' 하시며 "주람이 하나씨께서 오늘 네가 잡은 고기들과 첨대를 주시고가시더라" 올봄에 수확한 보리를 1004의 섬 Diamond 群島 下衣島 선창가에 후광 방앗간에서 七分搗로 시커머케 방아 찧어 가마솥에 지은 보리밥을 흐칸 사그달 툭시발에 머심밥처럼 고봉으로 한가득 문저리 매운탕 한 그릇을 아부지 턱 쪼가리 깨진 막걸리 잔에다 퍼주시니 눈치를 살살 살펴가면서 '꾸역꾸역' 배 터지게 쑤셔박아 먹고 뒤척이며 잤다.

그해 환절기 어느 날부터 하늘 같은 우리들의 山神靈 村長 하나씨께서는 전혀 외부출입이 없이 무척이나 외출을 자제하시는 어쩐지 전혀 뵐 수가 없으시다.

우리에게 방학 때마다 사랑방에서 이렇게 족보강의 하시던 에! 애? 얘 똑바로들 앉아!? 물꽉꿀코 물꽉! 똑바로? 하시던 모습. 그러니까!? 말이다. 느그딜은 말이다. 金海 金氏 監務公諱益卿派(김해 김씨 감무공휘익경파).

별칭 四君 派(사군 파)라는 派名(파명)은 말이다. 균관 생원이신 鍊(련)공의 4대손 학천군 휘 극조(克照), 5대손 학성군 휘 완(完), 6대손 해성군 휘 여수(汝水), 7대손 학림군 휘 세기(世器) 등 4대에 걸쳐 봉군이 나오셨기 때문에 붙여진 파의 명칭이 金海 金氏 監務公諱益卿派이고 말이다.

느그딜 치섬 나의 못난 것들 니노무 녀석들은 사군파 중 입향조.

학성군 김 완(金完)장군의 후손으로 김수로왕 72세(사군파 22대)손 대동항렬자는 '鎬(호)字'란다.

예전에는 각 고을이나 각 파별로 세(수로왕 때부터) 및 代(수로왕 후부터)의 수를 각기 나름대로 각각 다르게 헤아려 계산하고 있었으나 말이다. 가장 최근에 각종 고증을 바탕으로 학자들이 새로 집필하여서 편찬한 [2001년도 간행된 김해김씨 대동 세보] 기록이나 [가락종친회 출판물 가락왕손총람]에 의하면 '북돋을[培] 字'는 경파의 수로왕 71세손(70대손)의 돌림자란다.

그리고 말이다. 김해김씨 148개 파 중 우리 '사군파 또는 감무공파 또는 감무공휘익경파'의 대동항렬자는,

67/17세 錫(석)○. 68/18세 ○泰(태). 69/19세 相(상)○.

70/20세 ○炫(현). 71/21세 在(재)○. 72/22세 ○鎬(호).

73/23세 永(영)○. 74/24세) ○植(식). 75/25세 炯(형)○.

76/26세 ○奎(규). 77/27세 鎔(용)○. 78/28세 ○淳(순).

79/29세 東(동)○. 80/30세 ○勳(훈). 81/31세 重(중)○.

82/32세 ○會(회). 83/33세 源(원)○ .84/34세 ○株(주).

85/35세 燦(찬)○. 86/36세 ○基(기). 87/37세 鍾(종)○.

88/38세 ○涉(섭).

이라고 한다. 잘 기억하고 외워 둬라. 알았느냐!?

그러나 이 할베가 말이다, 고리타분한 꼰대 생각을 버

리고 최근의 세태 흐름에 따라서 쉽게 표현하고자 말이다. [東西南北]의 순우리말 [새하마노]에다 대동 세보 기록에 따른 수로왕 72대 후손들인 느그덜 이름은 가락왕 손총람의 대동 항렬자와 무관하게 이 할베가 느기덜 신세대를 위하여 '鎬(호)字' 대신 순 우리말 '하늘에서 내려주신 선물이란 {람字]'로 하였으니 그리 알고 말이다. 느그덜은 坊坊曲曲 이 세상 어디에서든지 훌륭한 사람이 되어야한다. 알았느냐 이놈들!?

하시며 목이 타셔서 '쿨룩쿨룩' 쪼빡으로 항아리에 샘물을 떠서 마시면 희칸 수염에 시원한 샘물방울이 '대롱대롱' '찌렁찌렁'한 목소리와 그 시절 그때 그 모습이 눈에 훤하게 밝힌다. 그래도, 참!? 우리들이 개구신 말썽을 부리면 부리나케 쫓아다니시며 초가지붕이 '들썩거리게' 섬마을에 호통소리를 내어 지르시면 우리들은 오뉴월 도깨비보다 더 무서워서 이짝 꼴목에서 저짝 꼴목으로 도망쳐 댕기면 Thrill 만점 100점 이상으로 최고로 좋았고 엄청 두렵고 한편으로는 재미도 있고 참 신나고 좋았다.

'NO-doka Fishing Game 향수'에 눈시울 촉촉해진 녀석들.

무더위가 기승을 부리면 밤하늘 수많은 별들에게 山神靈 村長 할아버지께서는 지금 어디에 계시냐고 묻다가 동시에 Can맥주 하나씩 이빨로 까 각자 주둥아리로 '쪼~오~옥 쪽' 석 달 열흘 굶어 배곯아 축 처져 금방 다 디

져부러가는 걸신처럼 빨아대며,

"맥주는 망둥이를 신우대나무 꼬챙이에 끼워 말려서 구운 안주가 최고이며, 소주는 된장을'꽉꽉' 메운 청양고추와 마늘양념 볼락매운탕이 제맛이고, 막걸리는 우물가에 도랑에서 자란 불 미나리를 살짝 데쳐 부뚜막에 막걸리 식초에 버물린 망둥이회. 묵은김치·시큼한 열무나 토종갓·파김치에다 쌈을 해먹으면 왔다 인데 하며"

다섯 놈들 '쩝쩝' 입안에 희칸 개 버큼 거품 침이 흥건히 고인다.

개구쟁이 말썽쟁이 시절을 돌이켜 보며, 山神靈님 같으셨던 村長 할아버지께서 밤낮으로 애지중지 아끼시던 '신우대나무 첨대 낚시추억'에 가슴이 뭉클해져서 서로들 눈치 보며 두 눈시울 붉어져 흐르는 마음을 적셔 훔칠 때 다른 녀석들 몰래 슬그머니 고개 들어 쳐다보니 하늘엔 달콤한 하얀 솜사탕구름 하나가 '몽실몽실' 저그거그 머나먼 남쪽 섬 쪽으로 헤엄쳐 떠나간다!?

저 구름 나 혼자 저 친구들 몰래 집어 타고 섬에 가야지!?

태풍에 자빠져 쓰러진 늙다리 가로수에 붙어서 그늘을 즐기다 낯선 방문객 다섯 놈들 때문에 선잠을 깬 Made in China '서해바다를 건너온 해외 유학파 중국산 붉은 꽃 매미들' 잠결에 때 거리로 "왱~ 왱왱" '때~끼!? 이놈 너 혼자 뭐하는 짓이냐?' 호령하시는 그때 그 시절 우리들 가슴 속의 山神靈님!?

고함으로 착각 가슴이 '덜컹' 혼비백산 도망치다 말고

밤바다 달밤에 파도와 돌팔매 싸움을 하고 있다.

* 용어 풀이

개웅(갯벌수로). 문저리(문절 망둥어). 쌈박질(싸움질). 허벌
창나게 나수(아주 많은). 구영(구멍). 사타구니(가랑이). 부
삭케(부엌에). 나쁘닥(얼굴). 배 까죽(배 까죽). 짱깽이포시
(가위바위보). 무꺼서(묶어). 지달려부러라(기다려라). 통시
(짐승 사육과 퇴비를 저장하는 공간 겸 뒷간=화장실). 쪼깐
(조금). 무꺼서(묶어). 누리끼리한 때깔(누런 색깔). 지달려
부려라(기다려라). 얼른(빨리). 잇깝(미끼). 뽁쨍이(복어). 터
진목(갈라진 갯벌수로). 뻘바탕(갯벌). 조오타(좋아). 정말
조오아(좋아). 뻘가상(갯벌 근처). 첸첸히차다(천천히 쳐다).
꽤 뚫어 봄시롱(보면서). 그랑 거석을(그런 것들을). 아러부
러(알아). 바~ 바~ 바부러(여기 좀 봐라). 좃나게(엄청나게).
담박질(달리기). 내기(시합). 흐칸(하얀). 짱애(장어). 쌔내끼
줄(새끼줄). 쑤셔박아(허겁지겁). 물팍(무릎). 쪼빡(조랑 박
바가지). 이짝저짝(이쪽저쪽). 디져부려가는(죽어가는). 저그
거그(여기저기).

126

생명의 화음 파도 소리

김평배 지음

발행처   도서출판 **청어**
발행인   이영철
영업   이동호
홍보   천성래
기획   남기환
편집   이설빈
디자인   이수빈 | 김영은
제작이사 공병한
인쇄   두리터

등록   1999년 5월 3일
          (제321-3210000251001999000063호)

1판 1쇄 발행 2023년 11월 30일

주소   서울특별시 서초구 남부순환로 364길 8-15 동일빌딩 2층
대표전화 02-586-0477
팩시밀리 0303-0942-0478
홈페이지 www.chungeobook.com
E-mail   ppi20@hanmail.net

ISBN   979-11-6855-203-6(03810)